SOUVENIRS

DE

DEUX MISSIONS AU CAUCASE

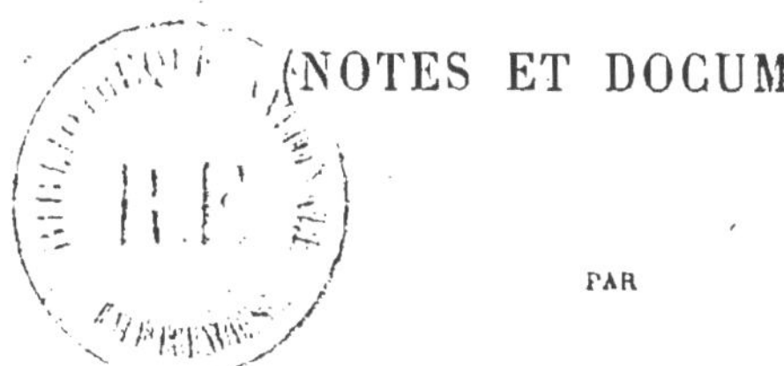

(NOTES ET DOCUMENTS)

PAR

GERMAIN BAPST

PARIS
ERNEST LEROUX, ÉDITEUR
28, RUE BONAPARTE, 28

1886

A SON ALTESSE

MADAME LA PRINCESSE DE SAYN-WITTGENSTEIN-BERLEBOURG

HOMMAGE TRÈS RESPECTUEUX

ET TÉMOIGNAGE DE PROFONDE RECONNAISSANCE

SOUVENIRS DU CAUCASE

FOUILLES SUR LA GRANDE CHAINE

RAPPORT AU MINISTRE

Monsieur le Ministre,

J'ai l'honneur de vous rendre compte de la mission archéologique que M. le président du conseil, votre prédécesseur au département de l'instruction publique, m'avait confiée par arrêté du 7 avril 1883.

Grâce à l'accueil du gouvernement russe, j'ai pu exécuter quelques fouilles dans la grande chaîne du Caucase, notamment dans le Daghestan occidental (district de Dido), dans la Touchétie, dans la Kewfsourie et dans le Pcharwel, pays qui, à l'exception des Russes, n'avaient pas encore été parcourus par des Européens.

Ces fouilles ont eu pour résultat de mettre au jour un certain nombre d'objets, et en même temps de donner quelques indications sur les peuples de ces contrées montagneuses dont l'histoire, tant au point de vue politique qu'au point de vue ethnologique, est encore inconnue. Malheureusement, en raison des difficultés du pays qui proviennent de la nature des montagnes et de la différence considérable des dialectes, souvent dissemblables d'un village à l'autre, ces fouilles n'ont pu être aussi nombreuses ni aussi productives que nous l'aurions voulu.

Ce fut à Quittiro que j'ouvris les premiers tombeaux. (Quittiro, chef-lieu d'un naïbat du Dido. Voir sur la carte d'état-major russe de cinq verstes, planche G, 6.)

Ce petit village est appuyé au sud à la grande chaîne d'Andi et séparé au nord-est du district de Tindi par des contreforts de cette chaîne qui, dans les parties les plus basses, mesurent encore plus de 3,500 mètres et dont les chemins, détruits annuellement par les neiges, sont impraticables pendant neuf mois.

Lorsque nous passâmes le dernier contrefort situé en avant de Quittiro, le 6 juillet, le chemin n'avait pas encore été franchi depuis l'été précédent, et pour nous faire traverser la montagne, le naïb de Tindi avait dû faire mettre sur pieds deux cents hommes de son district pour tracer un chemin praticable. A Quittiro, il s'agissait de fouiller un ancien cimetière; ce naïb l'avait déjà exploré en partie pour le compte d'un ancien vice-gouverneur du Daghestan, le général lieutenant Komaroff, archéologue distingué qui a fait toute sa carrière au Caucase, et y a recueilli ou fait recueillir par ses subordonnés tous les objets qui lui ont paru de quelque intérêt. Il possède aujourd'hui la collection la plus intéressante ou en tout cas la mieux classée des antiquités caucasiennes, après celle du musée de Tiflis.

Grâce à la connaissance que le naïb avait du cimetière, nous fûmes en peu de temps en présence d'un certain nombre de tombes alignées les unes à côté des autres; la suite de ces tombeaux partait d'un ravin qui se trouvait dans le fond de la vallée, et s'élevait perpendiculairement au torrent jusqu'au premier contrefort de la montagne.

Après avoir ouvert un certain nombre de tombeaux, il nous fut facile de constater que les corps avaient été placés à même le sol, la tête tournée du côté du sud, du moins pour les hommes; il fut également facile de se convaincre que ces derniers avaient été inhumés avec une ou plusieurs armes dont les débris se trouvaient souvent au milieu du corps, à la ceinture. Au contraire, les femmes avaient été incinérées, et leurs cendres, enfermées dans des sacs de toile avec leurs bijoux, étaient déposées dans une tombe beaucoup plus petite que celles des hommes.

Les corps des hommes, mis à même le sol, étaient dans une fosse rectangulaire de deux mètres de long sur quatre-vingts centimètres de largeur et de hauteur. Au-dessus du corps était un tombeau également rectangulaire, formé de dalles en parois sur les quatre côtés et en plafond à peu près comme les dolmens. En général, les tombes que nous avons ouvertes en cet endroit étaient actuellement enfouies à deux mètres dans le sol; elles étaient en tout point semblables à celles découvertes à Mzket par M. Bayern et qu'on retrouve dans toute la chaîne du Caucase depuis Tiflis jusqu'à la mer Caspienne.

Les tombeaux des femmes étaient beaucoup plus petits, construits de même et ne mesurant guère qu'un mètre sur cinquante centimètres de largeur et autant de hauteur.

Le sac contenant les cendres était en tissu très épais; certaines parties de ce tissu existaient encore, l'extrémité et l'ouverture du sac étaient garnies de bandes de cuir que nous avons retrouvées à peu près intactes dans une des tombes; dans les autres, les morceaux d'étoffe et de cuir tombaient et se décomposaient à mesure qu'on les touchait.

Les bijoux que nous avons retrouvés étaient mélangés avec des cendres et des morceaux de charbons dans ce qui restait des sacs d'étoffes.

C'étaient des bracelets cordés en bronze, des anneaux également en bronze formant cercle, le tout sans aucun art.

Les squelettes n'existaient plus qu'à l'état de très grande décomposition : les crânes avaient complètement disparu et l'on ne trouvait intactes que les mâchoires.

Quelquefois l'on voyait des débris peu importants d'étoffes dont nous avons pu néanmoins conserver un léger spécimen.

A l'emplacement que devait occuper le centre du corps, on apercevait quelques parcelles de fer que les Nukers, qui ouvraient les tombes, appelaient kandjars; dans une seule nous avons retrouvé une armature en bronze qui formait la partie supérieure du fourreau de cette arme.

Malgré l'appellation de kandjars donnée à ces couteaux, nous n'avons pu, après avoir reconstitué aussi bien que possible deux de ces instruments, y retrouver la forme de cette arme nationale du Caucase dont la véritable origine est tcherkesse; la lame de ces couteaux paraît être beaucoup plus étroite, sans toutefois être plus longue.

Autant que nous avons pu nous en convaincre, ces tombeaux étaient ceux d'une population qui pourrait être encore celle du village de Quittiro, distant de ce cimetière d'à peu près sept à huit cents mètres; en tous cas, les quelques objets trouvés par nous permettent d'affirmer que la population ensevelie en cet endroit était excessivement pauvre; en second lieu, sans connaître aucunement la date de ces inhumations ou de ces incinérations, on peut affirmer qu'elles remontent à une époque antérieure à l'introduction de l'islamisme au Daghestan, c'est-à-dire à environ mille ans d'existence.

Ce fait ne nous paraît point douteux; le mollah du village nous expliqua, en effet, que ces cadavres n'avaient point été ensevelis suivant le rite musulman, sans quoi les têtes eussent été tournées vers l'Orient et les femmes n'eussent point été incinérées; le naïb et lui n'auraient point laissé fouiller le cimetière s'ils n'avaient eu la certitude qu'il ne contenait que des chiens de païens.

L'ouverture d'une vingtaine de tombes de ce cimetière n'avait donc à peu près rien produit; le naïb qui commandait notre escorte et nous accompagnait, nous promit alors de nous mener avant la fin du jour sur le haut d'une montagne où nous trouverions, nous dit-il, des petites figures d'hommes en bronze.

En effet, arrivés au village de Retlo, presque sur la limite de la Touchétie, il nous montra un pic escarpé qui dominait tout le panorama des montagnes que nous avions devant nous.

Nous nous dirigeâmes alors immédiatement avec nos Cosaques sur la cime indiquée; nous mîmes à peu près quatre heures pour la gravir jusqu'à une espèce de contrefort au delà duquel nos chevaux ne pouvaient plus monter.

Une partie des Noukers établit le camp, tandis que l'autre

partie, armée de pelles et de pioches, gravit avec nous les escarpements du rocher, jusqu'à ce que nous fussions arrivés sur le sommet qui présentait un léger mamelon de terre végétale au-dessus d'une masse de roches blanchâtres, semblable à l'albâtre, et dont la superficie pouvait bien avoir quatre mètres de diamètre à son point culminant.

Le naïb nous expliqua qu'un des bergers du village ayant amené son troupeau dans les environs, s'était aperçu, en remuant la terre, de l'existence de ces petites figures de bronze.

Il en avait aussitôt prévenu le starchina du village : ce détail était ensuite parvenu par voie hiérarchique à la connaissance du général Komaroff; ce dernier avait alors chargé le naïb de Quittiro de faire des fouilles en cet endroit et de lui en faire parvenir le résultat.

Le naïb avait déjà trouvé, nous disait-il, plus de deux cents statuettes que le général possédait actuellement; il était convaincu que nous en retrouverions encore.

Aux premiers coups de pioche des Noukers, nous trouvâmes quelques-uns de ces bronzes; et, au bout de deux heures de fouilles, comme la nuit commençait à tomber, nous abandonnâmes le mamelon pour retourner au bivouac qui était établi un peu en dessous.

Nous avions trouvé trente-trois petites figures qui, à l'exception d'une seule à laquelle il est impossible de reconnaître une signification quelconque, représentent toutes des hommes avec les bras appuyés sur le ventre ou bien avec les mains écartées et les pouces enfoncés dans les oreilles. (Seul le n° 12 est dans une position différente, voir planche I.)

L'une d'elles, le n° 22, peut se rapprocher du type le plus parfait de ce genre de statuettes ; la forme humaine y a encore quelques côtés de vraisemblance et l'on peut suivre la progression de la décadence qui nous amène enfin à cet assemblage de lignes géométriques qui ne ressemblent plus rien (n°s 11 à 7).

Nous aurons l'occasion de revoir deux autres petits bronzes du même genre et avec la même pose que le n° 12, mais plus caractéristiques, que nous avons trouvés un peu plus tard dans la Kewfsourie. Nous expliquerons alors les rapports ou les dissemblances de ces deux espèces de figures.

A côté de ces statuettes, nous trouvâmes une épingle de bronze terminée par trois branches tressées et couronnées à leur extrémité par un bouton (voir figure 34); une autre semblable a été trouvée au Kasbeck par M. Bayern ; elle est au musée de Tiflis. (Cette dernière est brisée.)

Les figures que nous avons trouvées sur le pic de Retlo semblaient avoir été jetées indifféremment sur le sol; malgré le soin avec lequel nous remarquions la place de chacun de ces objets, nous n'avons pu rien découvrir indiquant une position commune occupée par chacun d'eux.

L'une de ces petites figures (nº 19), est terminée par une espèce de base percée d'un clou qui permet de supposer qu'elle était destinée à être fixée sur un autre objet; une autre, le nº 29, nous a plus vivement frappé que les autres, parce qu'elle offre un détail assez intéressant.

Le personnage qu'elle représente porte, marqués d'une façon très visible, une ceinture et un baudrier tous deux fort larges.

Toutes les populations de races différentes du Caucase ont actuellement, et depuis un temps que nous ne saurions définir, abandonné leurs costumes particuliers pour prendre le costume des Tcherkesses, qui est devenu par ce fait le costume national du Caucase; or, l'on sait que le Tcherkesse porte en effet une ceinture supportant le kandjar et un baudrier supportant le sabre, mais le tout est formé d'une courroie des plus étroites qui ne peut se rapporter au détail de costume indiqué sur la statuette en question.

Par conséquent, ce fait, à notre avis, n'est intéressant que comme constatation, il ne peut amener à une induction parce que l'existence des objets qu'il indique et la façon de les porter sont presque universelles.

Il serait désirable de pouvoir rapporter les deux attitudes que nous retrouvons sur ces figures à une pratique ou à une habitude quelconque d'une des populations qui habitent ou ont habité le Daghestan.

Les deux positions des mains sur le ventre ou de chaque côté de la tête paraissent avoir une certaine analogie, car dans une des figures, le n° 26, elles sont confondues et ne forment pour ainsi dire qu'une.

Il est inutile d'insister sur les côtés érotiques de ces bronzes, les détails en sont visibles de prime-abord.

En premier lieu, on est tenté de rechercher si nos musées contiennent quelques pièces se rapprochant du genre de celles que nous avons découvertes.

Je n'ai jamais vu de statuettes pareilles à celles-ci[1]: du reste, il n'y aurait pas lieu, si l'on trouvait des pièces similaires, d'en conclure que les deux peuples qui les ont produites aient des points de corrélation.

La grossiéreté du dessin a pu seule les rapprocher ; chaque peuplade barbare a donné des figures avec la même difformité, et a interprété la nature humaine avec la même insuffisance, sans qu'il y ait jamais eu de rapports entre ces peuplades ; l'ignorance et par conséquent la grossièreté de leurs productions sont leurs seuls points communs.

Pour notre part, nous croirions nous hasarder en tirant une conclusion quelconque de l'existence de ces différents objets.

Notre seul rôle est de les présenter au public en attendant que de nouvelles découvertes viennent donner un intérêt d'un genre tout à fait différent à ces fouilles exécutées dans un pays aussi peu fréquenté.

Retlo est le point extrême du Daghestan occidental, et pour arriver au premier village des Touches, il fallait franchir plusieurs vallées et plusieurs montagnes sur un espace d'à peu près cent kilomètres.

Une de nos premières haltes eut lieu à Parsma, village pareil

1. On les a comparées aux statuettes de Sardaigne, auxquelles elles ne ressemblent nullement ; une statuette du Musée archéologique de Vienne se rapprocherait plutôt de celles de Retlo.

à tous ceux des Touches, dont les maisons semblent être des forteresses en pierre de taille. En avant des maisons, est un monument religieux (il s'en trouve également dans tous les villages touches). Ces monuments, d'un aspect bizarre et d'une architecture originale, n'ont jamais été décrits ni reproduits nulle part; à l'entour du monument et sur ses murailles on trouve toujours des cornes de différents animaux; mouflons, cerfs ou autres que les populations ont offerts en sacrifice à je ne sais quelles divinités, derniers vestiges du paganisme. D'après les renseignements que nous obtînmes d'un prêtre géorgien, qui exerçait son ministère depuis longtemps dans le pays, différents animaux en bronze étaient enfouis à l'entour de ces monuments, et c'était eux que l'on adorait en arrosant la terre qui les couvrait du sang des victimes dont on voyait les cornes.

Il fallait agir avec beaucoup de précautions afin de ne pas exciter les populations; aussi nous ne pûmes faire qu'une fouille assez restreinte : nous ne trouvâmes rien, forcé que nous fûmes de nous arrêter devant l'excitation croissante des indigènes.

A l'extrémité du territoire des Touches, presque sur la limite de Kewfsourie, à Phonstio, nous trouvâmes au milieu du village, en travers d'un sentier, trois ou quatre dalles qui émergeaient du sol. Un de nos Noukers nous fit observer que ce devaient être des tombeaux fort anciens, puisqu'ils étaient sous un chemin.

Immédiatement une partie de notre escorte se mettait à fouiller et nous fûmes bientôt, à deux mètres au-dessous du sol, en présence d'un certain nombre de tombeaux absoluments construits de la même façon que ceux que nous avons décrits au Daghestan. A l'exception d'un seul, ils ne contenaient absolument rien que des vestiges de squelettes très mal conservés.

Le tombeau où nous trouvâmes un certain nombre d'objets était placé au centre de l'espace occupé par les autres; c'était celui d'une femme; le corps était entièrement décomposé ainsi que le crâne, tandis que certaines parties d'étoffes étaient à peu près intactes; à l'emplacement du cou, se trouvait un certain nombre de boules en argent percées qui avaient dû évidemment faire partie d'un collier (voir planche II); les fils qui réunissaient ces boules s'étaient décomposées; autour du bras et des mains un grand nombre de bracelets en bronze de différentes formes, les uns plats, formés d'une lame contournée non soudée, les autres en bronze coulé avec des dessins géométriques de lignes droites faites au burin, également non soudés à leurs extrémités; au milieu du corps une grande plaque de bronze qui devait servir d'attache de ceinture. Au-dessous, trois chaînes fort curieuses d'une très belle patine verte, réunies à leurs extrémités par deux grands crochets en bronze et maintenant à l'un des bouts cinq dés à coudre, également en bronze.

Sur le devant de la poitrine en lignes verticales étaient des boules en argent à peu près semblables à celles que portent encore les femmes dans ce pays les jours de fêtes; au-dessous du collier, entre les deux lignes de boules qui se portaient sur la poitrine, se trouvaient quatre anneaux de bronze qui devaient être attachés à la robe comme ornement.

A ces anneaux étaient enfilés un certain nombre d'objets dont nous ne pouvons indiquer exactement la matière, mais qui pourraient être des dents ou encore des phosphates de chaux, des turquoises par exemple. Dans le tombeau se trouvaient une dent très longue ainsi que plusieurs boules de verre telles qu'on en retrouve dans nombre de tombeaux de peuples très différents.

Quelle peut être l'époque de cette inhumation? C'est un fait sur lequel nous n'oserions point nous prononcer, l'état des étoffes nous faisant supposer l'existence relativement peu ancienne de cette tombe; d'un autre côté, les différents indices recueillis dans le pays, l'existence du chemin au-dessus d'elle, l'ignorance où étaient les habitants du pays relativement à ces tombeaux, tout est de nature, en dehors de la conservation des étoffes, à nous faire croire cette sépulture ancienne.

Ces peuples d'origine probablement géorgienne, mélangés de Tchetchanes, n'ont pas eu depuis bien longtemps de changement dans leur religion (chrétien géorgien mélangé de rites païens). Leurs mœurs et leur histoire sont inconnues, par ce fait qu'ils sont pour ainsi dire isolés du reste du monde, et vivent dans leurs montagnes sans avoir jamais de relations avec aucune peuplade. Leur langage étant différent de celui de toutes les populations qui les entourent, cette ignorance s'accroît encore : rien ne peut donc venir aider l'archéologue dans ses recherches sur ces antiquités.

Phonstio est le point extrême de la Touchétie; pour passer de là en Kewfsourie, nous franchîmes le Téboulos, à quatorze mille pieds d'élévation, dans la matinée qui suivit; le passage ne s'effectua pas sans difficultés; nous n'arrivâmes sur le versant opposé qu'après avoir laissé deux chevaux au fond d'un ravin et nous vînmes coucher à Ardot, en pleine Kewfsourie.

Le Kewfsoure est sauvage; il se couvre d'un casque et d'une cotte de mailles avec une croix de drap rouge sur la poitrine et ne sort jamais sans son bouclier; on l'a appelé souvent le Fils des croisés.

Les caractères saillants de cette population sont à coup sûr la saleté et l'amour des couleurs criardes.

Le village kewfsoure où nous nous arrêtons est Ardot, espèce de nid d'aigle situé sur une montagne à pic, entourée de tous côtés de ravins et d'autres montagnes; dans toute la Kewfsourie, lorsque l'on aperçoit une certaine quantité de pics, on les voit couronnés par un monument en pierres sèches ayant la forme d'un obélisque; ces monuments ont un caractère religieux qu'il nous a été impossible de définir devant le mutisme absolu des populations. Nous résolûmes, aux environs d'Ardot, de faire quelques fouilles autour de l'un de ces monuments; après une tranchée assez profonde, nous trouvâmes deux petites figures en bronze un peu différentes des précédentes, mais ressemblant dans leur position au n° 12 de la trouvaille de Retlo; l'une a les jambes écartées, tandis que l'autre les a réunies. (Voir pl. III.) Elles brandissent de la main droite une lame et de la main gauche elles semblent parer un coup en la portant en avant; leur tête rappelle un peu le caractère des figures grecques des vases archaïques. On pourrait croire que ces types ont quelques ressemblances avec un des bronzes phéniciens du Musée Napoléon III décrits par M. de Longpérier, mais il est facile de voir plusieurs traits de dissemblance entre les deux objets; dans le bronze du Musée Napoléon III, les yeux sont marqués en creux tandis que, dans nos figures, ils sont simulés par deux boules en relief. Ces statuettes ne nous ont pas paru très anciennes : les habitants du pays avaient évidemment connaissance de leur existence au sommet de la montagne[1].

Le temps nous manquait malheureusement pour continuer nos fouilles dans la Kewfsourie. Nous fûmes obligé de nous en tenir là.

La Kewfsourie est séparée du Pcharwel par la grande chaîne du Caucase, nous la franchîmes non loin des sources de l'Aragwa, un des principaux affluents de la Koura; nous côtoyions depuis un certain temps cette rivière pour passer dans une autre vallée et atteindre Thionet lorsque, par suite de l'éboulement d'une partie du chemin, nous fûmes contraints de continuer notre expédition par le passage d'une montagne en forme de mamelon. Au sommet se trouvait un monument en pierres à moitié détruit, autour duquel on voyait d'autres pierres indiquant suffisamment des tombeaux; notre escorte put facilement en mettre quelques-uns à jour et nous découvrîmes des squelettes presque aussi décomposés que ceux que nous avions déjà rencontrés, et dans plusieurs de ces tombeaux nous trouvâmes des bracelets en verre; malheureusement quelques-uns se brisèrent d'une telle façon qu'il fut impossible de les reconstituer.

Trois de ces bracelets sont arrivés intacts à Paris et peuvent démontrer suffisamment l'état dans lequel était ceux que nous avions découverts; en effet l'un des deux est irisé d'une couleur argent doré, le second ne l'est que dans certaines parties. Le troisième est en verre noir et n'a aucune espèce d'irisation.

1. Nous avons vu à Tiflis un grand nombre de statuettes du même genre que fabriquent des Arméniens pour les vendre à des archéologues; un certain nombre de ces statuettes auraient même été rapportées en France par un missionnaire de l'Instruction publique.

En dehors des fouilles et des études archéologiques que pu faire dans ce voyage, j'ai rapporté un certain nombre d'ob (environ deux cents) beaucoup plus modernes et destinés à fig au musée des arts décoratifs; ce sont les types de presque tou les industries et les arts même grossiers des populations du C case et de la Russie.

En outre, j'ai commencé l'enlèvement d'un monument co dérable de l'art oriental dont j'espère en très peu de temps v certaines parties à Paris; dès que cette entreprise aura un rés tat, j'aurai l'honneur de vous communiquer une note sur ce seconde partie de ma mission et sur l'état de ce monument serait unique dans les musées d'Europe.

QUELQUES BRONZES

DU

MUSÉE DE TIFLIS

Le musée de Tiflis contient des séries diverses de minéralo-ie, d'histoire naturelle, d'ethnologie, d'industrie et surtout d'ar-héologie, dont nous allons entretenir le lecteur.

Dans les quelques indications que nous donnerons sur les an-iquités caucasiennes, nous ne nous arrèterons pas seulement ux objets du musée de Tiflis; nous indiquerons aussi les pièces les différents musées de Berlin cataloguées par M. Virchow, de Vienne, par M. Héger, et de Saint-Germain par M. Alex. Bertrand.

Au premier abord, on peut dire que les antiquités trouvées sur es bords de la mer Noire procèdent de l'art grec, tandis que celles le l'Arménie dérivent du chaldéen.

Dans d'autres contrées, celles des montagnes surtout, on trouve les objets barbares dont la vue seule éloigne toute idée d'art et le style. On a trouvé successivement des antiquités de bronze de e dernier ordre sur toute la grande chaîne, chez les Svanes, les Ossètes, les Kabardes, les Kewfsoures, les Touches et dans les ribus Lesghiennes. La partie de la Géorgie s'étendant de Tiflis à Delijane, a produit des objets du même genre.

Nous ne saurions trop mettre les archéologues en garde contre out ce qui a été écrit jusqu'à présent sur les antiquités du Cau-case. On a souvent fait remonter l'existence de certains objets à les dates fort reculées lorsqu'il était impossible d'en donner un motif à l'appui. On a été jusqu'à attribuer à l'art scythique ou assyrien des productions byzantines du XIe ou du XIIe siècle, ou géorgiennes du XIIIe ou du XIVe [1].

1. Voir J. Mourier, l'*Art au Caucase*, Odessa, 1883, planche XVII, ainsi que l'explication des figures de l'objet, 4e livraison; planche XIX, 5e livraison; et planche XXVI, même livraison.

Enfin, il est nécessaire de porter à la connaissance des savants que presque tous les objets rapportés en Europe proviennent de la nécropole de Koban, dont la découverte a eu lieu dans les circonstances suivantes.

A la suite d'un orage, l'éboulement de l'une des collines qui avoisinent le village de Koban mit à jour un cimetière fort ancien et inconnu jusqu'alors des habitants actuels du village. M. Kanoukoff, propriétaire de la colline, recueillit ce qui sortit du sol. Deux amateurs, M. Dolbecheff, maître d'école, et M. Olchefski, ingénieur, eurent bientôt connaissance de ces faits et achetèrent de M. Kanoukoff un grand nombre de ces objets. Lorsque MM. Virchow et Héger vinrent à Vladikavkaz, ils s'abouchèrent avec M. Dolbechef[1], et c'est ce dernier qui leur procura la plus grande partie des collections qu'ils ont rapportées en Europe[2].

M. Virchow fouilla ensuite un tombeau à Samtavro et une quinzaine de tombes à Sartatchalo; il était accompagné de M. Bayern.

M. Héger ne paraît point avoir fait personnellement de fouilles.

On voit, à la façon dont ont été formées les collections intéressantes et curieuses de Berlin et de Vienne, qu'elles ne peuvent pas donner des renseignements bien précis ni être d'une grande utilité pour un travail archéologique, puisque, si l'on sait qu'elles viennent de Koban, on ne connaît pas exactement le détail de la découverte des tombeaux, ni ce qu'ils contenaient, ni les circonstances dans lesquelles les objets qui les composent ont été trouvés.

Ce sont les épées qui nous ont paru les plus curieux de tous ces objets, parce qu'elles sont d'un type particulier.

Celles trouvées à Koban (pl. IV, nos 1 et 2, 5 et 6) n'ont plus leur poignée, mais leur lame est semblable à celles trouvées à Samtavro, près Mtzket, au confluent de la Koura et de l'Aragwa.

1. A l'heure qu'il est, je crois pouvoir être en mesure de dire que M. Mourier, envoyé avec une mission payée au Caucase par le ministère de l'instruction publique, vient encore d'acheter à ce même M. Dolbechef des séries d'objets qui doivent être rapportées à l'État d'après l'arrêté qui l'envoie en mission.

2. La presque totalité des objets rapportés par ces deux savants n'a donc pas été découverte par eux, mais seulement achetée, classée et cataloguée par eux.

Ces dernières (pl. IV, nos 3 et 4, 7 et 8), à l'encontre de celles de Koban, sont intactes : un certain nombre d'entre elles sont conservées au musée de Tiflis; les lames ont leur plus grande largeur auprès de la poignée, elles vont toujours en s'effilant en pointe. L'extrémité en est très mince, et, comme toutes les armes orientales, ces épées paraissent destinées à des mains fort petites.

Le prince Serge Troubetzkoï possède un poignard de bronze du même modèle que ceux-ci; il nous faisait observer, en nous le montrant, combien les porteurs de ces armes devaient avoir les extrémités délicates pour pouvoir s'en servir. « Et, ajoutait le prince, probablement assez fier de la petitesse de sa propre main qu'il nous montrait, je n'ai pourtant pas la main grosse, mais il m'est impossible de la placer entre la garde et le pommeau. »

La garde de ces armes n'existe pour ainsi dire pas; l'extrémité de la poignée en tient lieu, la lame est emmanchée dans la fusée à laquelle elle est fixée par deux rivets, le pommeau est un bouchon évidé dans sa partie centrale et décoré de dessins à jour en forme de triangle : deux petites boules accotées couronnent l'extrémité supérieure. Samtavro et Koban sont, croyons-nous, les deux seuls endroits du Caucase ayant jusqu'à présent fourni des armes en bronze. Nous avons trouvé des poignards dans nos fouilles au Daghestan, mais ils étaient en fer et beaucoup trop oxydés pour qu'on pût en faire une étude.

Les haches se rencontrent en plus grand nombre que les épées et les poignards. On en a surtout trouvé de trois formes différentes. Celles de Koban sont très particulières, sans aucun type similaire, croyons-nous, avec deux rainures évidées à la partie de l'emmanchement, décorées de gravures très fines, assez longues et élégantes; un grand nombre de ces haches sont exposées aux musées de Saint-Germain, de Vienne et de Berlin.

Celle que nous reproduisons (pl. V, no 3) est très finement gravée; des serpents courent sur les plats et à la partie la plus large on distingue un archer tendant son arc; ce qui nous frappe surtout dans la figure de ce guerrier, c'est la dissemblance qui existe entre son type et celui des personnages ciselés sur les objets de Kertch et en particulier, dans le magnifique vase de l'Ermitage, sur un petit bas-relief d'or que nous reproduisons ici.

Notre guerrier a-t-il ici une cotte de mailles? Les écailles grossièrement faites sembleraient le faire croire, mais l'extrémité de ses pieds semble montrer aussi qu'il était au moins pieds nus, s'il n'était pas entièrement nu. Nous verrons plus loin quelques figures de guerriers découvertes dans le Caucase occidental, et le type de ces guerriers est le même que celui de Kertch, le costume (?) est identique.

Les haches découvertes à Samtavro sont toutes différentes, la première est d'une forme qui paraît être très rare (pl. V, n° 2). Elle est symétrique, le contour de l'emmanchement est formé de filets très simples; le tranchant est en demi-ellipse.

On a découvert dans la même nécropole une autre hache sans douille, sans ornementation, qui devait s'emmancher dans un bâton, elle a les contours irréguliers (pl. V, n° 4).

A ces types, nous en ajouterons un dernier, celui d'une hache régulière (pl. V, n° 1), assez longue, ayant, à l'extrémité opposée au tranchant, la douille droite en prolongement de l'instrument, et, de chaque côté, deux demi-anneaux; la duplicité des anneaux nous a paru fort rare. J'ignore la provenance de cette dernière, mais, au dire du directeur du musée de Tiflis, elle aurait été probablement trouvée à Koban.

Je ne parle pas ici des haches de pierre; il en existe en silex, provenant, paraît-il, de plusieurs points du Caucase; ce sujet est hors de notre compétence.

Les pointes de lances et de flèches sont aussi nombreuses; il en existe en fer et en bronze. On a trouvé à différentes reprises, près de Tiflis, Moukran et en Ossethie, près de Récome, des ailettes de fer d'une forme particulière. (Voir pl. VI, n° 1.)

On les a décrites comme des fers de lances.

Cette attribution nous paraît invraisemblable et peu sérieuse : car une arme de haste doit avant tout avoir son extrémité en pointe et aller en s'élargissant, afin de pouvoir pénétrer plus facilement; un fer de lance ainsi fait n'aurait pu qu'infliger des blessures relativement légères, empêché qu'il aurait été de pénétrer très avant par la réunion des deux pointes.

En second lieu, la tige en fer qui termine les deux ailettes devait être enfoncée dans un bois de lance.

Cet emmanchement n'aurait jamais pu être assez solide pour une lance.

Le comte Ouvaroff avait du reste déjà donné une attribution à ces ailettes[1]. En 1853, on en découvrit deux de tout point semblables à celles que nous décrivons, dans un des tombeaux mériens de Veskovo, et il les désigna sous le nom de pennes de flèches.

Cette attribution paraît devoir être aussi juste que la première paraissait invraisemblable, car les raisons pour faire repousser la première opinion viennent toutes à l'appui de la deuxième.

Ces pennes de flèches sont singulières : celles de Veskovo et celles du Caucase sont semblables; il serait difficile de n'en point faire le rapprochement, et, sans en tirer aucune conclusion, il nous est impossible de ne pas les croire de la même époque.

L'on sait d'une manière certaine que les tombeaux Mériens de Veskovo sont du IXe au XIIe siècle; les fers caucasiens seraient donc à peu près de la même époque. Ce détail tendrait donc à démontrer qu'on a été beaucoup trop loin en donnant à tous les objets du Caucase une antiquité de plus de vingt siècles.

Les pointes de flèches ont des formes différentes qui se retrouvent à peu de chose près en Europe (pl. VI, nos 2 et 3), mais toutes ont un petit détail particulier : sur chaque plan de la pointe de la flèche sont deux petits creux dont nous n'avons pu retrouver l'utilité[2].

1. Voir *Étude sur les peuples primitifs de la Russie. — Les Mériens*, par le comte A. Ouvaroff, Saint-Pétersbourg, 1875, p. 174 et 210, pl. VI, n° 24.

2. Les deux pointes de lances reproduites sous les nos 2 et 3 de la planche III proviennent de Samtavro.

Les fibules du Caucase sont nombreuses; celles de Koban forment un demi-cercle dont le diamètre est la queue de l'épingle; la courbe est la partie ornementée : quelquefois elle est en torsade, d'autres fois décorée en gravures à dessins géométriques, brochures ou barres transversales. (Pl. VI, fig. 4.)

Une fibule d'un type semblable a été découvert à Hallstadt et, paraît-il, en Amérique; une, provenant de Kilian, est du même genre [1]. On voit que le modèle en est répandu.

A Samtavro apparaît au contraire une fibule tout à fait différente (pl. VI, n° 5); la base de l'épingle où se trouve la charnière est une barre terminée par deux boules. Une petite tige, perpendiculaire à cette barre, terminée aussi par une boule, s'applique au centre de la fibule. La partie supérieure est courbée et vient se terminer à l'endroit où s'accroche la pointe de l'épingle. Des exemplaires de cette fibule ont été trouvés en grande quantité à Samtavro et ne paraissent point avoir été rencontrés ailleurs. Il en existe une, la rappelant de loin, qui a été reproduite par M. Franks dans les *Horæ ferales* et conservée au Musée Britannique [2].

On a trouvé avec les fibules, dans les tombeaux du Caucase, des plaques d'ornementation (?) dont on n'a pu encore exactement définir l'usage. Ce sont des animaux en bronze représentés de profil; on croit y reconnaître des mouflons, des cerfs ou autres animaux des montagnes. Quelquefois ces animaux semblent être représentés dans leur position naturelle, se tenant sur leurs quatre pattes; d'autres fois, les quatre pieds sont réunis sur un même point (pl. VI, n° 6). Ils ont toujours des cornes très proéminentes; on leur a percé des trous destinés probablement à recevoir des clous pour fixer l'objet.

On a dû donner la forme d'animal à des objets particuliers et d'un usage constant; telle serait la fig. 7 de la pl. VI qui devait couvrir quelque objet et qu'une chaîne rattachait après un des vêtements.

1. Voir Perrot et Chipiez, *Histoire de l'art dans l'antiquité*, t. III, p. 831, f. 595.
2. Voir Augustus W. Franks, *Description of the plates to accompany Kemble's horæ ferales*, planche XXI, n° 6.

La représentation de ces animaux à cornes a dû amener les fondeurs barbares à faire une autre série d'objets, aussi en bronze, représentant généralement une tête de cerf vue de face, les deux cornes formant à droite et à gauche un double enroulement. (Pl. VII, fig. 1 et 2.) Cette pièce a dû probablement servir de coiffure.

Les mêmes ornements de bronze se retrouvent encore, mais très dégénérés, dans le Caucase; la tête de l'animal n'existe plus (pl. VII, fig. 1 et 3); c'est un simple motif servant de point de départ à des enroulements en forme de cornes.

Cependant le numéro 3 de notre planche n'est qu'un dérivé des cornes de cerf; il paraît même provenir bien plus des ornements de Cypre [1] et de Phénicie [2], et même se rapprocher beaucoup des fibules trouvées en Hongrie [3].

Les mêmes enroulements de fil de bronze terminent aussi les bracelets en demi-cercle. (Pl. VII, fig. 5 et 6.) Quel peut être le principe de cet enroulement? Nous avons nous-même écrit autrefois qu'il n'était que la reproduction de coquilles retrouvées dans les roches; ne serait-il pas plus naturel de n'y voir que l'enroulement simple d'un fil de métal quelconque, forme sous laquelle les fils de cuivre étaient mis dans le commerce?

Ces antiquités proviennent en grande partie de Samtavro et de Koban, c'est-à-dire du Caucase proprement dit.

Le lieutenant général Alexandre Komaroff a, paraît-il, trouvé un grand nombre de pièces de ce genre au Daghestan; mais, comme il est depuis deux ans gouverneur de l'Akal-Tekke à Askabad et dernièrement à Merv, nous n'avons pu voir sa collection [4].

Koban a mis au jour des plaques d'un genre tout à fait particulier dont l'usage est inconnu, mais dont la fabrication mérite

1. Voir *Cyprus*, par le général di Cesnola, planche XXVIII.

2. Voir Perrot et Chipiez, *Histoire de l'art dans l'antiquité*, IIIe volume, page 817, figures 570 et 572.

3. Voir Ingvald Undsett, *Études sur l'âge de bronze de la Hongrie*, Christiania, 1880, planches I, II, III et suivantes, et p. 55 et suivantes.

4. Pour notre part, nous avons trouvé un objet de cet ordre au Daghestan; nous l'avons reproduit dans un article antérieur.

d'être signalée. Des plaques de bronze sont ornées de dessins géométriques en fer incrusté dans le bronze. La gravure en creux a dû être exécutée en premier lieu; puis le fer a dû être forgé et ciselé ensuite pour être du même dessin que la gravure, et, enfin, il a dû être appliqué et enfoncé à coups de marteau dans les creux de la gravure. (Pl. VII, fig. 7.)

Si l'on fouille en Mingrélie ou sur la côte de la mer Noire, d'Anapa à Batoum, on trouve quelquefois des bronzes du même ordre, mais surtout des objets grecs, ou plutôt de style grec; par exemple, des plaques d'or rondes ornées de granulés très fins et de filigranes, des pierres rouges qui nous ont paru être des grenats. Des boucles d'oreilles en granulés et quelques bijoux d'or sont conservés au musée de Tiflis et dans quelques collections particulières.

Telles sont les pièces qui nous ont le plus frappé; nous avons autant que possible indiqué les provenances de chacune d'elles; quant à leur date, nous ne voulons ni repousser, ni accepter toutes les opinions émises jusqu'à ce jour, surtout pour les objets purement barbares. L'absence de fer dans les tombeaux, la présence d'armes en bronze prouvent suffisamment que ces objets remontent à une époque éloignée. L'absence de croix et de croissants dans les cercueils démontre aussi que ces pays n'étaient encore ni chrétiens ni musulmans, au moment de la fabrication de ces objets, ce qui reporte sûrement ces antiquités à plus de dix siècles.

Peut-être un jour trouvera-t-on quelques pièces de monnaie ou quelques détails qui nous fixeront définitivement sur ceux de ces objets qui datent d'une époque où les habitudes et la religion étaient évidemment différentes de celles de nos jours. La découverte d'épées et de haches de bronze démontre clairement, néanmoins, l'antiquité assez reculée des différents tombeaux trouvés jusqu'à ce jour.

Les objets de style grec, en raison de leur infériorité de travail, seraient un peu postérieurs à ceux découverts dans les fouilles de Kertch.

Signalons en passant, parmi les pièces de style grec ou bosphorien les plus remarquables, provenant du littoral de la mer Noire : un collier en torsades d'or terminé par deux cavaliers scythes se regardant face à face, semblable en tout point au collier de Kertch; puis des appliques en or, en forme de têtes de taureau, de cheval ou de bélier, des boucles d'oreilles en or granulé, des épingles nombreuses et enfin des vasques en bronze à forme archaïque, au pied massif, et ayant comme anse, à leur partie supérieure, des animaux des montagnes. On se rappelle forcément, en voyant ces objets, ceux du Musée archéologique de Vienne, découverts à Halstadt. Nous signalons tout particulièrement le n° 11 de cette collection pour être mis en parallèle avec les vasques du Caucase.

Une plaque en or, ronde, sans indication de provenance, mesurant 5 centimètres de diamètre, nous a paru se rapprocher beaucoup des objets dits mérovingiens dans notre pays et dont bon nombre de spécimens ont été trouvés à Kertch, dans des tombeaux du IIIe siècle de notre ère. Cette plaque est décorée au centre par des pierres enchâssées, probablement des turquoises décomposées dans le genre de celles du casque d'Amfreville; à la partie extérieure sont des grenats cabochons; des filigranes décorent les parties intermédiaires.

De tout ce que nous venons de dire, nous ne croyons guère que la critique la plus rigoureuse pourra tirer une conclusion quelconque. Mais, d'un autre côté, si nous ne pouvons rien affirmer, il nous paraît indispensable de considérer comme sans base solide toutes les théories émises depuis quelque temps sur l'origine des races aryennes, sur l'existence d'un art géométrique qui leur aurait été propre et dont le berceau aurait été le Caucase. Quelque vraisemblables et savantes qu'elles soient, ces théories ne sauraient être considérées que comme de simples hypothèses qu'aucune preuve n'a confirmées.

RAPPORT AU MINISTRE

SUR LA

CÉRAMIQUE DU CAUCASE

Monsieur le Ministre,

Conformément aux instructions qui m'ont été transmises par M. le Directeur des Beaux-Arts, je me suis rendu dans les pays avoisinant le Caucase et dans l'Anatolie; je me suis efforcé de recueillir dans ces contrées, suivant la demande que m'en avait faite M. le Directeur de la manufacture de Sèvres :

1° Tous les types de céramique fine ou grossière, ancienne ou moderne, de ces différentes contrées;

2° Tous les renseignements sur la fabrication ancienne et moderne et sur les procédés actuellement en usage;

3° Enfin sur la décoration extérieure des bâtiments en céramique.

Grâce à la bienveillance avec laquelle j'ai été accueilli par le gouvernement russe et par M. Lacoste, vice-consul de France à Batoum, dont je ne saurais trop louer le zèle et la complaisance, j'ai pu remplir entièrement la mission qui m'avait été confiée et rapporter de la Géorgie, de l'Arménie, de l'Imérétie, du nord de la Perse, du Lazistan et de l'Anatolie les types de poterie les plus divers; j'ai pu même dans certains endroits, mais non sans difficulté, obtenir des secrets de fabrication qui auront certainement une grande importance.

La Géorgie est la patrie du vin par excellence; le moindre paysan en boit au minimum quatre litres par jour; tous les grands vases n'ont comme unique objet que sa conservation. Les grands centres de fabrication sont Gori, Tiflis et Telaff; quelquefois les poteries de ces pays mesurent jusqu'à cinq mètres de haut; on les enfouit dans la terre, on les emplit, on en bouche l'ouverture avec de la terre glaise, et quand on désire boire le vin, on y puise peu à peu jusqu'à ce que la pièce soit complètement vidée. La forme de ces vases est généralement à panse assez large, à la base se terminant en pointe. Ces vases ne tiennent point sur leur pied, mais penchés sur leur base. L'ouverture est un col très bas, relativement assez resserré et à lèvres; son diamètre peut mesurer la moitié de celui de la panse à sa plus grande superficie. Quelquefois, mais dans les pots d'une grandeur portative, il y a des rehauts de peinture brune autour du col et sur la panse. Tel est le trait caractéristique des grandes poteries sans couvercle de la Géorgie.

Dans les poteries usuelles destinées à la cuisine, à la conservation du beurre, du lait ou à toute espèce d'autre usage, ou même au service de l'eau dans l'intérieur des maisons, les vases ont certaines formes spéciales, mais sans caractères et sans grandes lignes. Il est cependant deux détails sur lesquels nous tenons à attirer l'attention; quelques-uns de ces vases à main sont colorés au pinceau en rouge vif avec des dessins de plantes naturelles en vert et en jaune, les autres sont décorés au moyen d'une couverte généralement gris-bleu obtenue avec du plomb et relevée d'arabesques en vert foncé dessinées fort grossièrement au pinceau. A Gori les types sont les mêmes, mais généralement la faïence y est plus grossière encore et presque toujours sans couverte d'aucun émail ni vernis.

A Erivan comme à Nachitchevan, à Tebris et dans tout le nord de la Perse, il y a de grandes fabriques de poterie d'où on les exporte dans tous les pays avoisinants. Sur toutes les routes on rencontre fréquemment des caravanes de chameaux qui en sont chargées. Les poteries en terre cuite sont sans couvercle, d'une terre presque blanche, aux formes orientales généralement fort élégantes, quelques-unes à long goulot avec une collerette et un dessin pointillé de style persan. D'autres sont à goulot et leurs rebords de cols sont en forme de turban; enfin on trouve des vases à anses simples, à lignes droites, qui servent aux usages les plus ordinaires. Pour terminer cette série, citons le vase biblique si connu et si répandu dans ces pays, immortalisé par les nombreuses reproductions de la rencontre de Rebecca et d'Eliézer à la fontaine. Ces vases, comme les grands que nous avons indiqués pour la Géorgie, ne se tiennent que penchés sur leur base, laquelle n'existe pour ainsi dire pas.

A côté de ces vases en terre, si ordinaires dans leur fabrication, mais qui ont un grand intérêt par la pureté de leurs formes, se trouvent d'autres pièces presque toujours semblables à l'amphore antique à deux anses, recouvertes d'un vernis bleu-vert. Le type s'en retrouve complet dans la plus grande des pièces que j'ai rapportées.

Toutes ces pièces sont indifféremment de fabrication arménienne, tatare ou persane, mais elles se rattachent simplement aux pays avoisinant l'Ararat. Il y a une autre fabrication dans le pays qui, elle, devient purement persane. Ce sont généralement des vases assez patauds à quatre anses, des assiettes ornées de stries différemment placées, ou encore des espèces d'assiettes, les plus grandes avec des bouquets de fleurs en relief, les moyennes avec des stries en biais et les plus petites avec des dessins noirs sur le fond bleu. Toutes ces pièces ne sont plus faites aujourd'hui qu'avec une coloration bleue-verte particulière à l'oxyde de cuivre. Autrefois les plus grandes étaient d'un bleu foncé donné par le cobalt. Leurs petites décorations de fleurs en relief qui sont toutes semblables, sont produites par un même moule, collées les unes à côté des autres sur l'extérieur de la cuvette et colorées ensuite avec tout le vase par deux émaux différents. Le premier est un fondant blanc, presque incolore, obtenu au moyen de silex du pays semblable à nos galets des plages de la Manche. Les vases une fois couverts de ce premier émail, on les décore de l'émail vert-bleu dont nous avons parlé.

Il nous a été difficile au premier abord de nous rendre compte du procédé par lequel les Persans obtiennent cette couleur bleu-paon si recherchée en Occident. Presque tous les fabricants se refusaient à me communiquer leur secret. L'un d'eux, Anakitchevan, tenté par l'appât du gain, se décida à me montrer la pâte vitrifiable avant la fusion. Cette pâte a pour base une pierre verte, qui n'est autre chose qu'une certaine lave vitrifiée provenant d'un des cratères de l'Ararat et dont la coloration s'obtient par des sulfates de cuivre. J'ai pu acheter un certain nombre de morceaux de cette pierre (assez cher d'ailleurs) et la rapporter à Paris.

Si l'on s'avance du côté de Kars et d'Erzeroum, les pots recommencent à prendre une forme banale souvent très lourde, avec une couverte épaisse et fort grossière de ton. Il faut remonter jusqu'à Akaltzik, cette ville si merveilleusement jolie, à la limite de l'Arménie et de la Géorgie, adossée à l'une des plus belles forêts du monde, pour retrouver un peu de goût dans les poteries usuelles. Là se trouvent des vases en terre rouge du pays, à la forme élégante, ornés de petites cordelettes fort délicates et très décoratives. Malheureusement nous approchons de l'Imérétie et du Gouriel, et la terre, qui se façonne facilement, n'a plus la cohésion nécessaire pour faire une poterie un peu solide. Aussi toutes les pièces de l'occident du Caucase sont-elles des plus fragiles. Même observation pour les poteries de Koutaïs; mais là, malgré l'élégance de la tournure et de l'habillement de l'homme, les poteries n'ont aucune forme ni aucun caractère.

Non loin de Koutaïs existe un village du nom de Pédagori que la légende désigne comme ayant été de tout temps le centre d'une fabrication fort importante. Aujourd'hui on y fait une poterie spéciale, de fort mauvais goût, mais très recherchée dans le pays, peut-être à cause de la petite quantité de la production actuelle. Les pièces de la Pédagori ne sont pas destinées à l'usage domestique, mais à l'ornementation des intérieurs un peu aisés. Tous les vases sont ornés d'un émail qui forme certainement le trait le plus important et le seul remarquable de cette fabrication. Quant aux formes, ce sont des cols allongés à bec biscornu, des anses coudées et tournées, des rosaces sur la panse, ou bien même cette partie du vase est composée de figures grotesques, enchevêtrées les unes dans les autres. Quoique la fabrique existe encore, on a une réelle difficulté à se procurer ces produits, surtout ceux qui ont plus d'une dizaine d'années.

En remontant encore plus à l'ouest, au milieu des montagnes presque infranchissables de la vallée de Tchorok se trouve une ville également renommée pour sa fabrication ancienne, Artwin. C'est aujourd'hui le centre d'une population arménienne catholique assez curieuse. Autrefois ils fabriquaient des carreaux de faïence avec des dessins en relief, recouverts d'émail vert assez grossier d'après les renseignements que nous avons pu avoir; mais, malgré toutes les recherches que l'évêque catholique d'Artwin et le vice-consul de France, M. Lacoste, ont pu faire, il nous a été impossible de recueillir quelque chose de précis ni de nous procurer aucun échantillon de cette poterie ancienne.

Quand on descend l'Anatolie d'Orient à l'Occident, jusqu'à Koutaïa et à Brousse, on ne trouve que des faïences sans aucune forme caractéristique, semblables à celles que nous avons rapportées de Koutaïs. Les faïences de Koutaïa sont connues; nous n'avons pas d'ailleurs visité cette ville.

Quant à celles de Brousse elles sont remarquables surtout depuis qu'Achmet Vewfick Pacha a été gouverneur de cette ville. Sous l'impulsion de cet artiste doublé d'un archéologue, l'industrie céramique a pris un nouvel essor et c'est dans ses murs que se font toutes ces pièces bleu de ciel que l'on voit aux bazars de Constantinople.

Depuis qu'Achmet Vewfick Pacha n'est plus gouverneur de l'Anatolie, il a continué à Roumélie-Hissar où il habite, à travailler la couleur bleu turquoise dont les faïences du tombeau de Sélim à Constantinople donnent un type si délicieux ; grâce à sa connaissance profonde de la chimie et à sa persévérance, il est arrivé à un résultat extraordinaire. Il serait même à désirer que le gouvernement français se mît en rapport avec lui et grâce à son amabilité ordinaire, on obtiendrait les documents nécessaires à la fabrication.

Nous tenons aussi à indiquer les faïences dites Martabani dont Chardin et Tavernier ont parlé autrefois et auxquelles ils attribuaient des propriétés particulières. Plus récemment Jacquemart cite ces mêmes faïences, disant n'en avoir jamais rencontré, et parle de leur rareté et de leur grande valeur.

Nous avons cru en retrouver un certain nombre de types que nous considérons comme des imitations plus ou moins parfaites des céladons chinois. Ces pièces sont en effet, comme l'indique Jacquemart, fort appréciées par les Turcs, et c'est à grand'peine que nous avons pu nous les procurer.

Quant aux monuments recouverts de faïences, ils n'existent que dans un seul endroit au Caucase, à Erivan, et malgré tout notre désir, nous n'avons pu en enlever les fragments que nous comptions rapporter à Paris.

En dehors des morceaux de pierre verte qui fournissent la couleur bleu-paon à Erivan, j'ai pu me procurer à Ejoub, Brousse et Constantinople des morceaux de matières premières destinés au laboratoire de Sèvres ; j'ai pu également, dans tous les pays parcourus, me procurer des pièces non cuites.

Tel est en résumé le compte rendu de la mission qui m'avait été confiée.

ANGERS, IMPRIMERIE A. BURDIN ET Cie, 4, RUE GARNIER

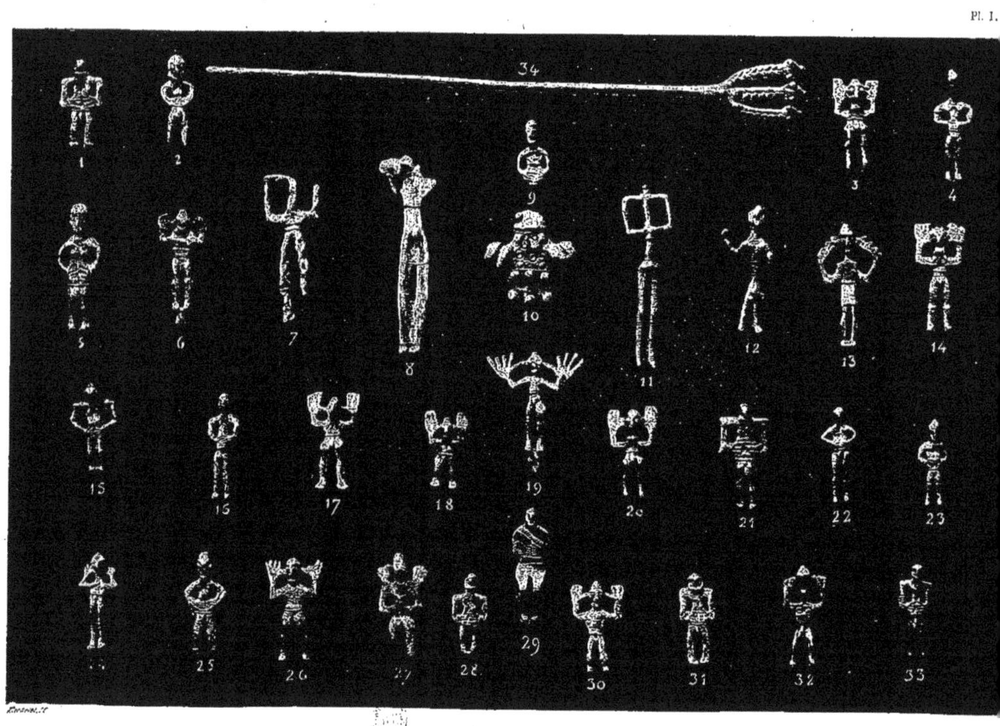

Fouilles de M. Bapst dans le Caucase.
FIGURINES DE BRONZE.

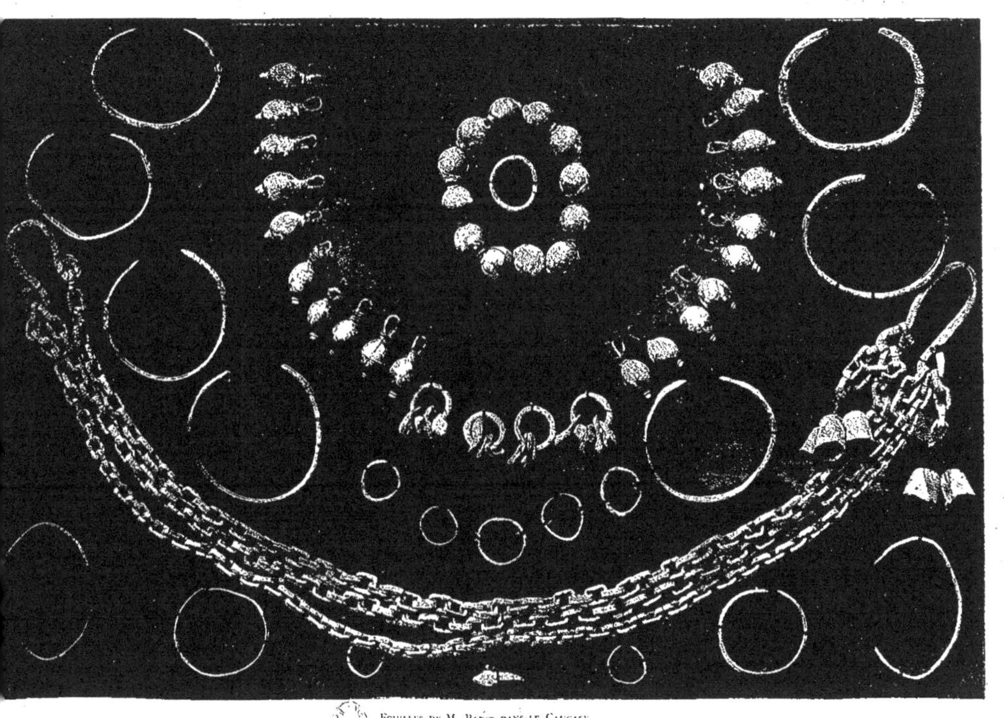

Fouilles de M. Bapst dans le Caucase.
BIJOUX.

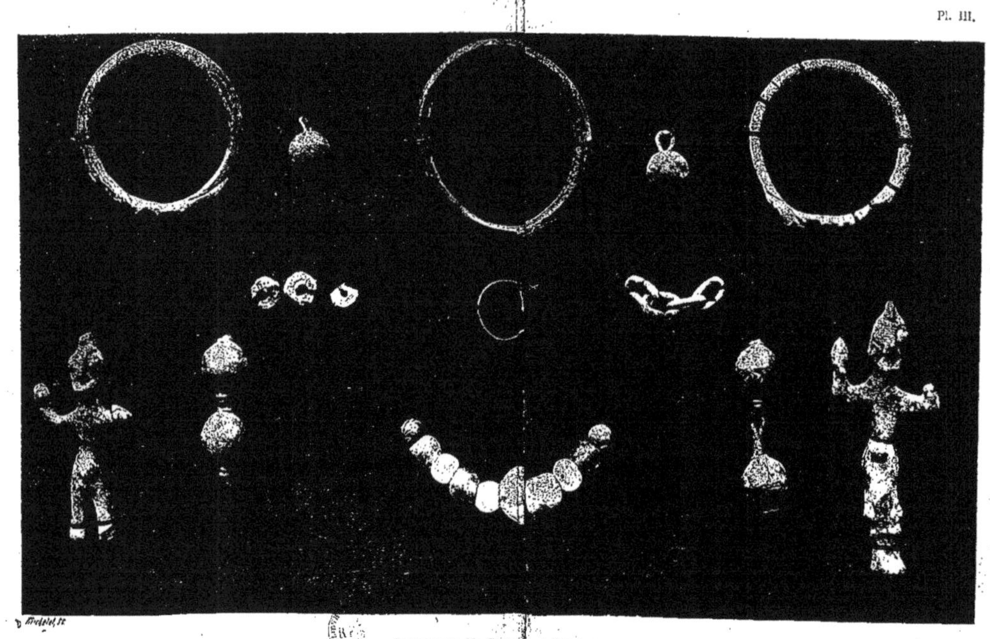

D. Heliotypie, sc.

Fouilles de M. Bapst dans le Caucase.
BIJOUX

Pl. IV.

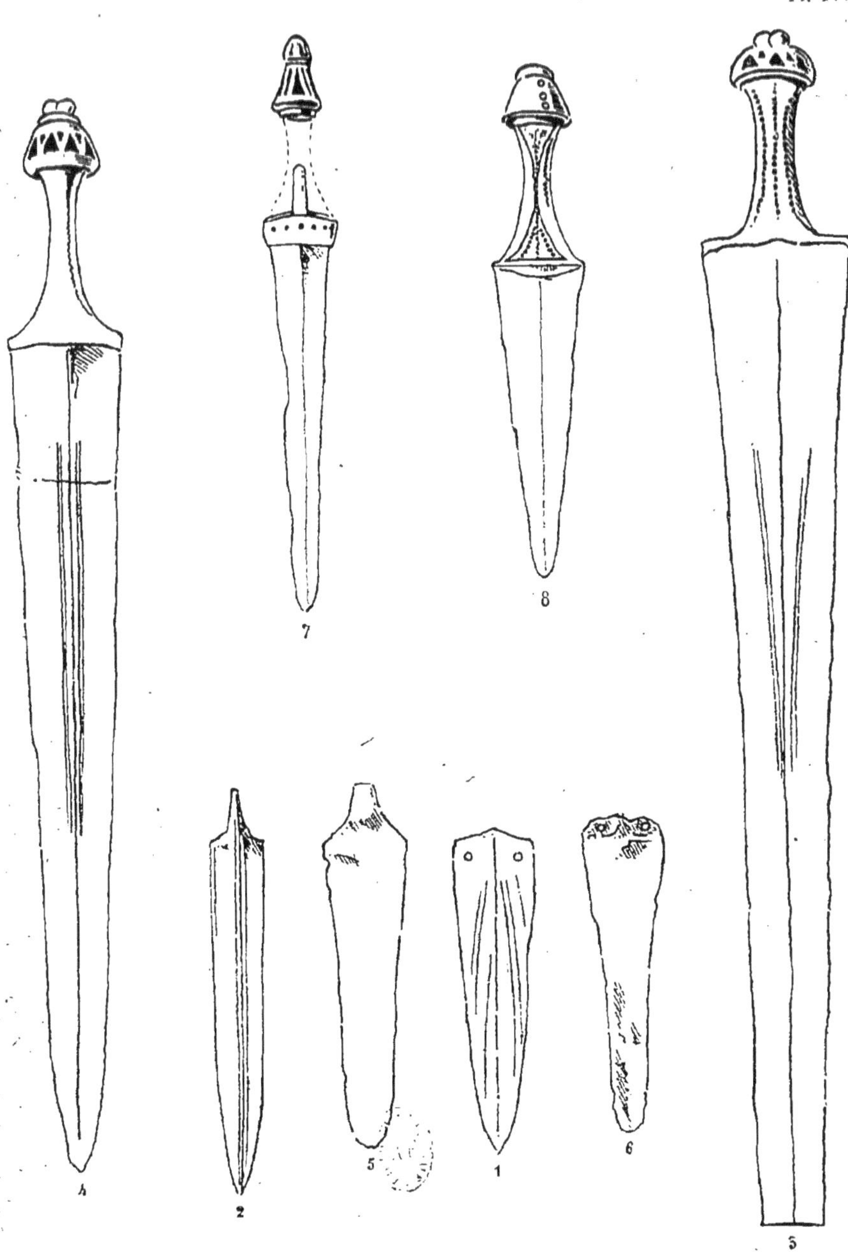

Épées du musée de Tiflis.

Pl. V.

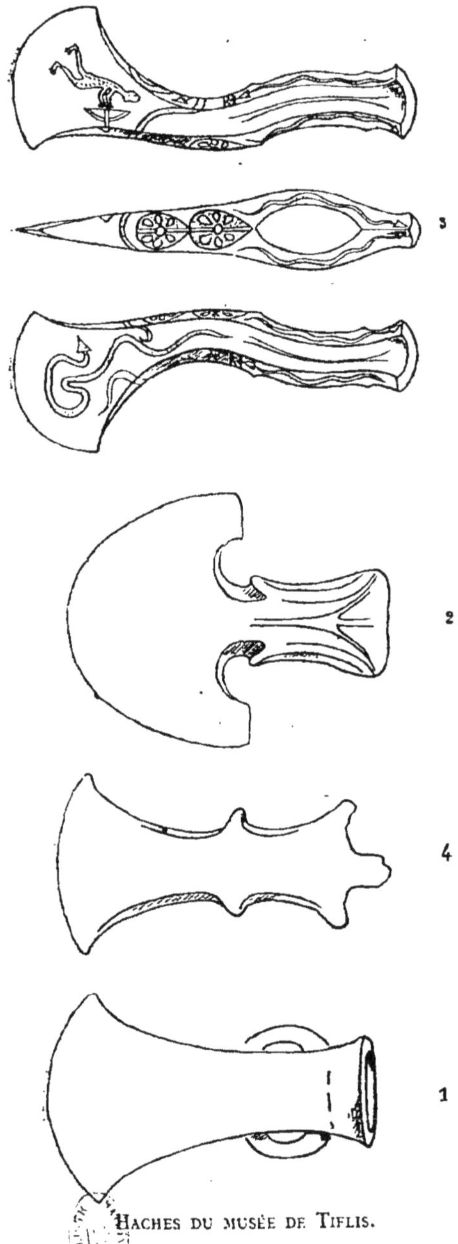

HACHES DU MUSÉE DE TIFLIS.

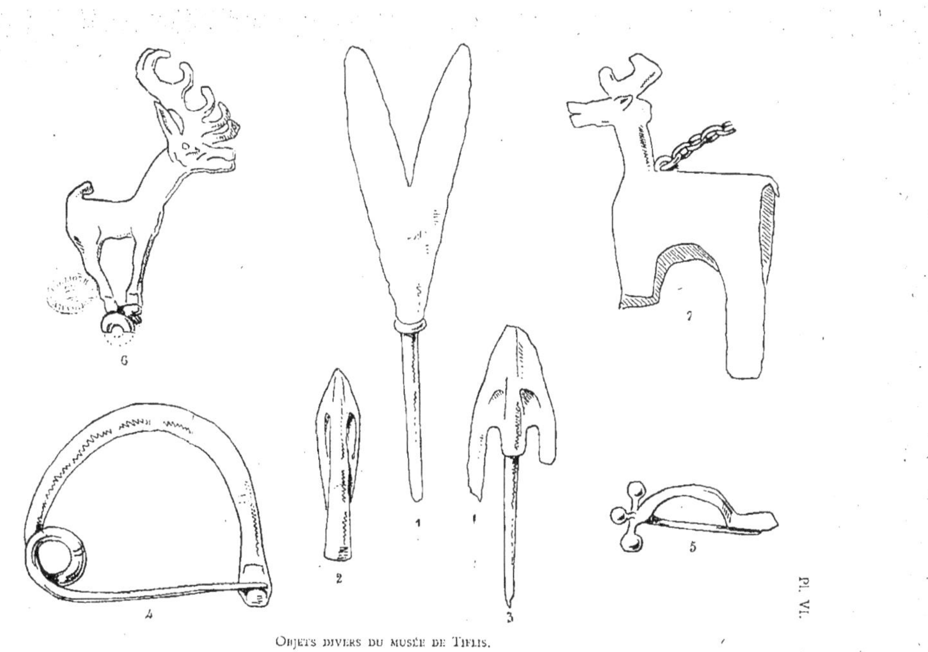

Objets divers du musée de Tiflis.

Pl. VI.

Objets divers du musée de Tiflis.

Pl. VII.

www.ingramcontent.com/pod-product-compliance
Ingram Content Group UK Ltd.
Pitfield, Milton Keynes, MK11 3LW, UK
UKHW021116230726
13926UKWH00002B/519